Escrito por Andrea Carabantes
Ilustrado por Eliane Caroline Marquez Posadas

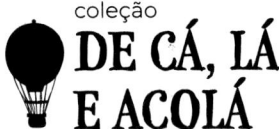

coleção
DE CÁ, LÁ
E ACOLÁ

Elena e as palavras
Elena y las palabras

Edição bilíngue
Português-Espanhol

Saíra
EDITORIAL

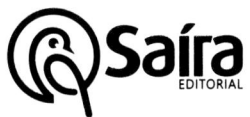

Copyright do texto © 2022 Andrea Carabantes
Copyright das ilustrações © 2022 Eliane Caroline Marquez Posadas

Direção e curadoria	Fábia Alvim
Gestão comercial	Rochelle Mateika
Gestão editorial	Felipe Augusto Neves Silva
Diagramação	Isabella Silva Teixeira
Revisão	Márcia S. Zenit

Dados Internacionais de Catalogação na Publicação (CIP) de acordo com ISBD

C258e   Carabantes, Andrea

    Elena e as palavras: Elena y las palabras / Andrea Carabantes ; ilustrado por Eliane Caroline Marquez Posadas. - São Paulo, SP : Saíra Editorial, 2022.
    32 p. : il. ; 20cm x 20cm. – (De cá, lá e acolá)

    ISBN: 978-65-86236-77-4

    1. Literatura infantil. I. Posadas, Eliane Caroline Marquez. II. Título.

2022-3613   CDD 028.5
                                         CDU 82-93

Elaborado por Vagner Rodolfo da Silva - CRB-8/9410

Índice para catálogo sistemático:
1. Literatura infantil 028.5
2. Literatura infantil 82-93

Todos os direitos reservados à Saíra Editorial

📞 (11) 5594 0601   💬 (11) 9 5967 2453
📷 @sairaeditorial   f /sairaeditorial
🌐 www.sairaeditorial.com.br
📍 Rua Doutor Samuel Porto, 396
   Vila da Saúde – 04054-010 – São Paulo, SP

Dedico esta história à minha avó Elena, à minha mãe, Cristina, que me ensinou o amor pela leitura e pelas palavras, e ao Ulisses, meu filho, que caminha comigo no aprendizado da maternidade intercultural e bilíngue. Dedico também às Warmis, com quem construí um caminho de unidade interna, que me ensinou o verdadeiro sentido do que é comunidade.

*Dedico esta historia a mi abuela Elena, a Cristina, mi madre, quien me enseñó el amor por la lectura y las palabras y a Ulisses, mi hijo, que camina conmigo en el aprendizaje de la maternidad intercultural y bilingüe.
La dedico también a las Warmis con las que he construido un camino de unidad interna y que me han enseñado el verdadero sentido de lo que es comunidad.*

A autora

Dedico este livro a toda criança, seja pequena, seja criança adulta que já se sentiu insegura de ser quem é. Todos somos diversos, e nossa diversidade nos faz sermos maravilhosos.

Dedico este libro a todos los niños, sean pequeños o sean niños adultos, que ya se sintieron inseguros de ser quienes son. Todos somos diversos, y nuestra diversidad nos hace maravillosos.

A ilustradora

Para Elena, as palavras são muito importantes: são o jeito de entender o mundo. Conhecer muitas palavras ajuda a menina a dizer exatamente o que quer.

E, no caso de Elena, existe uma coisa muito legal, muito incrível, algo assim como um superpoder. Ela é bilíngue! Consegue falar dois idiomas: espanhol e português.

Para Elena las palabras son muy importantes, son su forma de comprender el mundo. Conocer muchas palabras le ayuda a decir exactamente lo que quiere expresar.

Y en su caso hay algo muy genial, muy sorprendente, algo así como un superpoder. Es bilingüe. Sabe hablar dos idiomas: español y portugués.

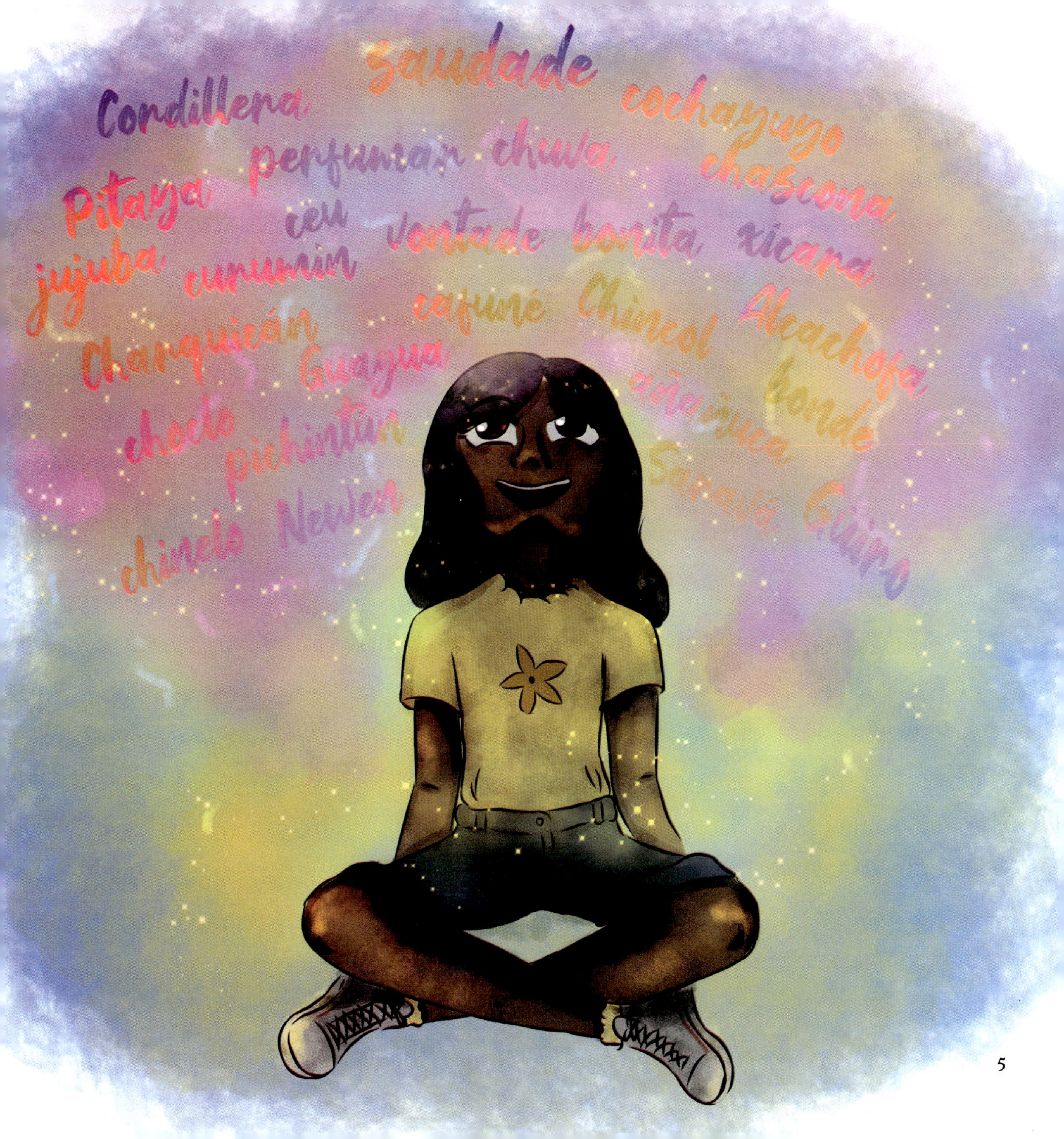

É que sua mamãe é imigrante. Sua mãe é do Chile. Seu pai, do Brasil. Então, desde que ela conhece o mundo, ouve falar os dois idiomas.

Esto se debe a que su madre es inmigrante. Su mamá es de Chile y su papá de Brasil, así que, desde que conoce el mundo ha escuchado hablar en estos dos idiomas.

Ela vai do "Papai, me faz cosquinha?" ao "¡Mamá, dame um abracito!" sem nem pensar!

Ela fala com seu "abuelito" em espanhol e com sua vovó em português. É muito legal!

Para ela, isso é o normal; tanto que ela só se deu conta de que falava dois idiomas quando fez 6 anos.

Varía del "papai, me faz cosquinha?!" al "¡Mamá, dame un abracito!" ¡sin darse cuenta!

Habla con su abuelito en español y con su "vovó" en portugués.

¡Es realmente genial!

Para ella eso es lo normal, tanto que solo se dio cuenta de que hablaba dos idiomas cuando cumplió 6 años.

Mas, um dia, aconteceu algo que a deixou sem entender nada. Deixou-a até meio triste.

Era seu primeiro dia na escola, e ela estava relatando alegremente como tinham sido as férias, quando ela tinha ido com seu país percorrer as terras de sua bisavó. Tinha visto lagos, vulcões, muitos animais e pássaros que não conhecia. Para ela, tudo tinha sido muito extraordinário.

Un día, ocurrió algo que la dejó muy descolocada. Incluso un poco triste.

Era su primer día en el colegio y Elena le contaba con alegría a sus compañeros de sala cómo habían sido sus vacaciones, que había ido con sus papás a las tierras de su bisabuela, había visto lagos, volcanes, y muchos animales y pájaros que no conocía. Para ella todo había sido sumamente extraordinario.

De repente, de tanta empolgação, escapuliu uma palavra em espanhol. Ela disse "carretera" no lugar de "estrada", e a professora arregalou os olhos e disse:

De repente, con el entusiasmo, se le escapó una palabra en español, dijo "carretera" en lugar de "estrada", y la profesora con los ojos bien abiertos, le dijo:

— Isso aqui é o Brasil! Nesta escola, só se fala português!

"¡Esto es Brasil! ¡En este colegio sólo se habla portugués!

Elena parou na hora de falar e ficou muito triste.

Como assim ela estava falando errado? Outro idioma? Mas, se com a mamãe eu sempre falei assim... eu sou brasileira e falo espanhol e português... como pode isso estar errado? Eu não vou poder mais falar com "mi mamá"? Elena não entendia nada.

Elena al instante se calló y se puso muy triste.

¿Cómo que hablaba mal? ¿cómo que otro idioma? pero si con mi mamá siempre he hablado así... soy brasileña y hablo español y portugués, ¿cómo puede estar mal? ¿acaso ya no podré hablar con mi mamá? Elena no entendía nada.

Os dias se passaram, e ela tentou só pensar e falar em português, mas a cabeça doía. Era muito difícil mesmo!

A mãe dela falava em espanhol e ela respondia em português. A mãe achou esquisito, mas pensou que fosse uma fase.

Los días fueron pasando y ella intentaba pensar y hablar solo en portugués, pero le dolía la cabeza. ¡Fue realmente difícil!

Su mamá le hablaba en español y ella le respondía en portugués. Su mamá lo encontró raro, pero pensó que debía ser una fase.

Um dia, então, Elena não aguentou mais e contou tudo para seus pais. Eles explicaram que aquilo tinha um nome: chamava-se xenofobia.

— Xeno... o quê?

— Xenofobia.

Hasta que un día Elena no pudo aguantar más y le contó todo a sus papás. Ellos le explicaron que lo que había hecho la profesora tenía un nombre, se llamaba xenofobia.

- ¿Xeno qué?

- Xenofobia.

Os pais explicaram que essa palavra estranha significava não gostar de pessoas de outros países e culturas e achar que elas não deveriam viver em determinado lugar, diferente do país de origem.

A palavra ficou ecoando na sua cabeça a noite toda.

Sus papás le explicaron que esta extraña palabra significaba no aceptar a las personas de otros países y culturas; y pensar que ellas no deberían vivir en determinado lugar, diferente de su país de origen.

La palabra siguió resonando en su cabeza toda la noche.

No dia seguinte, foram todos juntos à escola e conversaram com a professora. Explicaram a ela o que tinha acontecido e como aquilo tinha afetado Elena.

Contaram para a professora histórias de pessoas migrantes, do Chile e de outros países, que habitam o Brasil. A professora percebeu que tinha errado e que isso podia ser muito doloroso para a menina. Então, pediu desculpas a Elena e seus pais.

Al día siguiente fueron todos juntos al colegio y hablaron con la profesora, le explicaron lo que había pasado y cómo había afectado a Elena.

Le contaron a la profesora historias sobre personas migrantes de Chile y de otros países que viven en Brasil. La profesora se dio cuenta de que había cometido un error y de que eso podía ser muy doloroso para la niña. Entonces, les pidió disculpas a Elena y a sus padres.

Desde esse dia, a professora sempre pergunta a Elena quais palavras novas ela pode ensinar para a turma. Pede à menina que conte coisas sobre o Chile e diga como é sua família lá.

Os coleguinhas adoram ter uma amiguinha que sabe falar dois idiomas. E todos querem ser como ela!

Desde ese día la profesora siempre le pregunta a Elena cuáles palabras nuevas ella le puede enseñar a la clase, le pide que le cuente cosas sobre Chile y sobre cómo es su familia de allí.

A sus compañeros les encanta tener una amiguita que sabe hablar dos idiomas y ¡todos quieren ser como ella!

Elena agora se sente tão livre e feliz na escola como se sente na sua casa.

Ahora Elena se siente libre y feliz, tanto en la escuela como en su casa.

> Você sabia que, no Brasil, moram pessoas imigrantes e refugiadas de quase todos os países do mundo? Quase metade dessas pessoas mora no estado de São Paulo. Pode-se fazer uma viagem pelas culturas do mundo em uma cidade só!
>
> ¿Sabías que en Brasil hay inmigrantes y refugiados de casi todos los países del mundo y que casi la mitad de ellos viven en el Estado de São Paulo? ¡Puedes hacer un viaje por las culturas del mundo en una única ciudad!.

GLOSSÁRIO / GLOSARIO

¡Mamá, dame un abracito!: Mamãe, me dá um abraço!

Abuelito: vovô, jeito carinhoso de chamar o avô.

Mi mamá: minha mãe

Xenofobia: violência verbal, física ou simbólica contra as pessoas que são de outros países ou de outras cidades, ou que parecem sê-lo. Muitas vezes ela se mistura com o racismo (ódio pela cor da pele) e com a aporofobia (ódio pelas pessoas pobres).

Bilingue: pessoa que fala e escreve fluentemente em duas línguas diferentes.

Chile: país que fica na América do Sul, do lado do oceano Pacífico. É o país mais longo do mundo e nele existe desde o deserto mais seco do mundo até os glaciares, que são blocos de gelo gigantes que estão no mar. O Chile tem muitos tremores e vulcões, mas as pessoas estão acostumadas a isso e também muito preparadas para enfrentá-los.

Migrar: deslocar-se para morar em outro lugar, país ou região. As pessoas migram por necessidade, às vezes fugindo de guerras ou desastres naturais, por exemplo. Migram pelo trabalho, pelos estudos, por amor etc. Também migram sem justificativa, porque é um direito humano das pessoas morar onde preferirem.

Sobre a autora

Andrea Carabantes Soto nasceu no ano de 1978 em Santiago, a capital do Chile. Sua infância foi marcada pela ditadura de Pinochet e a literatura foi um dos seus refúgios frente à violência vivida no seu entorno e contra a sua família. Seu amor pela literatura vem da sua mãe, que sempre tinha um livro novo para lhe oferecer. É integrante-fundadora da Equipe de Base Warmis - Convergência das Culturas e faz parte do projeto *Aprende a Resistir tu Violencia* (aprendearesistirtuviolencia.org), cujo objetivo é criar materiais de meditação, não violência e autoconhecimento para crianças e adolescentes. Segue os ensinamentos de Silo, criador do Movimento Humanista, e acredita profundamente que a não violência ativa é a força que transformará o mundo. Morou no Chile e na Argentina. Hoje ela mora entre o Brasil e o Chile. É mãe do Ulisses e companheira do Gunther, e juntos, compõem uma linda família brachilena transmigrante. *Elena e as palavras* é seu segundo livro publicado.

Andrea Carabantes Soto nació en 1978 en Santiago, la capital de Chile. Su infancia estuvo marcada por la dictadura de Pinochet y la literatura fue uno de sus refugios frente a la violencia vivida en su entorno y contra su familia. Su amor por la literatura le viene de su madre, quien siempre tenía un libro nuevo para ofrecerle. Es integrante fundadora del Equipo de Base Warmis - Convergencia de las Culturas y del proyecto Aprende a Resistir tu Violencia (aprendearesistirtuviolencia.org), cuyo objetivo es la creación de materiales para niños y adolescentes sobre meditación, noviolencia y autoconocimiento. Sigue las enseñanzas de Silo, creador del Movimento Humanista y cree profundamente que la noviolencia activa es la fuerza que transformará el mundo. Ha vivido en Chile y Argentina y hoy, vive entre Brasil y Chile. Es mamá de Ulisses y compañera de Gunther, y juntos, forman una linda familia brachilena transmigrante. *Elena y las palabras* es su segundo libro publicado.

Sobre a ilustradora

Eliane é uma ilustradora, animadora e designer de origem peruana, nascida em Lima. Passou parte da infância nos Estados Unidos e em Lima. Mudou-se para o Brasil na pré-adolescência. Passou dois anos morando no Quênia. Hoje em dia, mora em São Paulo. Cresceu sempre em ambientes multiculturais, com influências de diferentes contextos. Como é interessada por arte desde criança, sempre gostou de ver e conhecer as diferentes formas de contar histórias, em filmes ou em livros. Por ter morado em diferentes ambientes, viu a importância de preservar e honrar a própria cultura. Tem como objetivo mostrar a todos as belezas da cultura andina, assim como a importância da diversidade, através da arte.

Eliane es una ilustradora, animadora y designer de origen peruana, nascida en Lima, Perú. Pasó parte de su infancia en Estados Unidos y en Lima, habiéndose mudado a Brasil en su preadolescencia y pasado 2 años en Kenia. Actualmente reside en São Paulo, Brasil. Creció siempre en ambientes multiculturales, teniendo influencias de diferentes contextos y como es interesada por el arte desde niña, siempre le gustó ver y conocer las distintas formas de contar historias, ya sea a través del arte, de las películas o de los libros. Al vivir en ambientes diferentes vio lo importante que es preservar y honrar su propria cultura, hoy teniendo como objetivo difundir las bellezas de la cultura andina, así como la importancia de la diversidad, a través del arte.

Esta obra foi composta em Corbel e Adobe Jenson Pro
e impressa em offset sobre papel couché fosco 150 g/m²
para a Saíra Editorial em 2022